当代作家精品
诗歌卷
主编　凌翔

你是我的一只眼

武俊奎　著

文化发展出版社
Cultural Development Press

图书在版编目（CIP）数据

你是我的一只眼 / 武俊奎著 . — 北京：文化发展出版社，2020.11
ISBN 978-7-5142-3240-0

Ⅰ.①你… Ⅱ.①武… Ⅲ.①诗集—中国—当代
Ⅳ.①I227

中国版本图书馆 CIP 数据核字（2020）第 203122 号

你是我的一只眼

武俊奎 著

责任编辑：孙　烨
出版发行：文化发展出版社（北京市翠微路 2 号　邮编：100036）
网　　址：www.wenhuafazhan.com
经　　销：各地新华书店
印　　刷：唐山楠萍印务有限公司

开　　本：710mm × 1000mm　1/16
字　　数：200 千字
印　　张：13
印　　次：2020 年 11 月第 1 版　　2020 年 11 月第 1 次印刷
定　　价：45.00 元
I S B N：978-7-5142-3240-0

对生存进行哲学审视和考问（代序）

——读武俊奎诗集《你是我的一只眼》

已经很多年不写诗了，也已经很多年没有认真地读诗了，尤其是当下的诗歌作品。当武俊奎把他的诗集《你是我的一只眼》放在我案头的时候，这是我首先生发的感慨。拿起来翻翻，似乎，对于读诗有了生涩的感觉。

迷失红尘若许年，曾经最爱蒙尘烟。那些如清泉、如嫩芽般的诗情，不是没有了，而是还一如既往地突然就在心灵之地流淌或者冒尖，但是那些可爱的小东西却没有在我的笔下流远或者长大，一阵激荡之后，就轻烟般弭散了，只留下淡淡的怅惘，只如另外的一种诗情。

只是，人可以不写诗，可以不去认真地研究诗；但是不能在生活中没有诗意，不能在精神中没有诗骨。欣慰的是，我的身边还有诗友，他们用自己的韧性和坚守，对抗着生活的俗化和磨蚀，不断地用诗歌为生命进行标高，俊奎就是其中的一个。

他的专业是政治，工作是育人，但是精神中更多的是哲学的思考，思考生活，思考人性，思考人存在的终极意义。其诗语言大多通俗，但是不乏精妙；最让人感兴趣的，是他的诗歌中对于生存和生命的一种自觉的哲学审视和考问。

（一）

诗歌通过对肉体和精神之间的辩证存在形象摹写，来完成对人性深层次的剖析。他认为，肉体是存在的基础，但是与精神相比却渺小若蚁，而且是冲动的根源；肉体的部分甚至藏着“魔鬼”，需要精神来规范和桎梏：

人生/坚若磐石又脆若蝼蚁/若石的是意志/若蚁的是肉体（《人生百味》二十一）

人生/是一场内战/天使囚禁着魔鬼/魔鬼在丑恶中偷窥缝隙（《人生百味》二十五）

人生/脖子是个分水岭/以上是理性/以下是冲动（《人生百味》二十六）

“脖子是个分水岭”形象地说明了理性和感性、精神和肉体之间的区别、联系和互相制约的关系。人性中的善恶之争，永远是一个无解的论题，即使无解我们却又不得不论：这源于人类必须整体上弃恶从善，必须控制个体的恶行，方可保持其衍生和发展。但是只要懂得反思懂得惭愧，就不怕心中有鬼。

人生/需防一个字/愧/心中的鬼（《人生百味》五十七）

人生/若为永生/只有灵魂/肉体终归腐烂（《人生百味》七十六）

人生/千万识清两团肉/臀上的屁股/颅上的脸（《人生百味》

八十四）

人生／执拗就是枷锁／越不放／越沉重（《人生百味》八十八）

肉体虽然是低俗的，但是我们还是得好好地供养着，满足着，于是他用这样的诗句来表达：

人生／如同一部车／不按时保养／等待的就是大修和报废（《人生百味》六十三）

低俗而充满欲望的肉体，却是渴望高雅不食人间烟火的精神的托身之地。连圣人也得承认，“食色性也”，“皮之不存，毛将焉附”（《左传·僖公十四年》）。为了让肉体得到更好的保护，我们的祖先甚至把这个上升到孝道，说“身体发肤，受之父母，不敢毁伤，孝之始也”（《孝经·开宗明义章》）。

分析肉体和精神之外，他还分析人性：

路灯下消失的人／消失在众人的风语里／消失在时间的考问下／没有坚守的灵魂／注定成为片片凡尘

我知道／普天众多是凡尘／凡在抵不住世俗的一媚／抵不住他人冰霜的一刀／抵不住自己堕落的一坠（《路灯下消失的人》）

生而为人，时时需要承受“一媚”“一刀”和“一坠”的苦痛和惬意，但是不知什么时候自己也会变成操刀者，自己痛着，很多时候也把同样的痛施加给同样无辜的他人。他对某些文化现象中扭曲的人性同样进行解剖和辛辣的讽刺，比如疯狂的追星：

“知己是一方意淫／知彼是确定无疑的／因为偶像的星座，穿着，

甚至呓语 / 都是他们的话题 / 说来神奇，偶像体内排出的臭气 / 他们竟能万里外嗅出香味”（《泛滥的爱》）

在一定程度上，追星文化是奢靡的享乐主义的异化表现，是昂扬向上的传统正气失落之后的社会产物，是肉体追求的精神折射。

（二）

“人生”这个词，是人经历和经验的汇总，是人肉体磨砺和精神丰富的概括。唯其如此，更能激发诗情触动感叹。多少迁客骚人闺阁巾帼，月圆而思月缺而叹，花发而感花谢而悲，发乎情凝乎笔，施以才润以技，成就许多惊风动雨感人泣神的华章。这是一个绕不开的命题，对于一个有哲思的人，更是一座富矿，所以有了这本诗集中的《人生百味》。俊奎的诗，能够从细小的生活情节中，捕捉哲思的影子，引人思考，发人反省。

人生 / 就是不断寻找 / 穷其一生 / 寻找另一半的自己（《人生百味》四）

人生 / 是一道没有答案的选择题 / 选择就意味着放弃 / “正确”只是推理（《人生百味》十二）

人生 / 很喜欢戴一副墨镜 / 有的看不见 / 没有的拼命找（《人生百味》十三）

人生 / 最好的关系 / 是有事可叙 / 不谈货币（《人生百味》四十七）

生活为每个人配了面具 / 只有孩子把它当作玩具（《愚人节》）

“另一半的自己”是什么？肉身肯定是自己，但是人不能止步于此，才有了宗教、文化和哲学；那另一半，一定和存在的价值有关。学会付出，有舍才有得；学会放弃，在选择中走正确的路；珍惜拥有，不要失去了才知道宝贵：这些都需要生活的智慧。而更高层次的智慧，是接受，接受自己相貌、家庭、学习、工作种种方面的不足，才能轻装上阵享受生命。只有“悦纳”不完美的自己、不饱满的当下，才能修炼成更完美的自己，开拓出更饱满的未来。悦纳，不仅仅是接受自己，也包括接受他人，接受世界，更包括对别人不接受自己的接受，因为“每一幅作品都有人点赞有人摇头”。

人生/最智慧的活法/是懂得悦纳/悦纳自己，被世界悦纳（《人生百味》三十八）

人生/总说江湖水深/那你为什么/不学会游泳（《人生百味》五十一）

人生/每一幅作品/有人点赞/有人摇头（《人生百味》六十一）

人生/修行的树上/结出两个果子/一个是缘，一个是劫（《人生百味》九十四）

丛林，草原/有时也会游走于戈壁/不管在哪里/我都懂得艰苦奋斗/自食其力（《大象》）

生存的竞争法则，维系着生物界的进化，包括人类的进步。在这样的不可逆的规定下，要生存得好，就要适应规则，强大自身；学得一身劈波斩浪的好本领，就不怕江湖水深。俗话说得更为通透，那就是“打铁先得自身硬”。活着和活好都需要资本，想活着并且活好就得积累资本，这就是拼搏的意义。

但是，日常生活琐屑的细节，往往并不和“拼搏”“奋斗”这类高大上的概念沾边，又深刻地影响着我们的生活和情绪，比如在恶劣的天气打车时屡屡被他人捷足先登，生气能解决什么问题呢？唯一的做法，只能是同生活达成和解、同自我达成和解。所以，我们要学习大象的人生哲学，

“不匆忙，悠闲诗意地生活；不虚浮，在大地刻下最深的脚印”。

转念一想 / 司机没错 / 搭车走了的人也没错 / 我也没错 / 错的只是 / 误解了“缘”(《等车》)

我虽笨重 / 却悉通哲学人生 / 从不匆忙 / 悠闲诗意着生活 / 也不虚浮 / 大地镌刻下我最深的脚印 (《大象》)

人生 / 滋润了就像呼噜声 / 惊醒着别人 / 甜美着自己（《人生百味》八十七）

只有在文化中 / 才是一个人 / 而做好一个人 / 根本不需要文化 / 文化 / 最终是灭亡的帮凶 (《我知道》)

文化与人的辩证关系也值得探讨，文化是水，人是鱼；可是没有文化也可以做好一个人，因为可以发挥人性中的善。但是有了文化也不见得完全是好事，文化可能会成为人性之恶的帮凶，“最怕流氓有文化”，这是个体。更深层次说，人类，可能会灭亡在自己创造的造山填海、移星换月、极度辉煌的文明之下。

这些对生活的诗意解构，蕴含着隽永的道理。

（三）

这本诗集里，有对亲情、真诚充满温情的描述，也有许多对光辉、理想的坦然自若的礼赞，发乎性情，达于言语。

人生 / 爱有很多名字 / 亲昵，唠叨，担心，思念 / 还有骂和恨（《人生百味》十七）

亲昵、唠叨、担心、思念、骂和恨，这些都是爱的别名。这是一种通用的概括，可以覆盖亲情和爱情，但是在俊奎的诗中，更多的是倾向于亲情的。是来自作为儿子从父母身上获得的经验，也可以是为人父母在焦灼的期望和担心下的情感提取。子女对父母有很深的感情，毋庸置疑；但是更毋庸置疑的是，子女对父母很深的感情永远都比不上父母对子女关爱成条件反射式的感情。

我是一匹马／驮着我的王子和公主／信步在家的草原上

这人类中的牛马／心甘俯首负重／还从不抱怨／真傻（《我是一匹马》）

声音穿透墙拐墙／刺啦啦地牵住我的耳／无疑／又是乳子在啼哭（《啼哭》）

孩子／你是一本空白的书／我只为你取了名／开了序／后面的每一篇，每一节，每个字／都要你亲自写（《空白的书》）

子女成长过程的任何一种“啼哭”，都会尖厉地刺激和划伤父母，“刺辣辣地牵住我的耳”。对于这样的划伤，在史铁生先生的笔下有更为细腻的刻画，他的散文是从儿子的视角来关照母亲的，不同于俊奎的诗从父亲的视角来关照儿子。孩子出生时，都是一本“空白的书”，任何一对父母都期望在上面写成最伟大的作品。但是，父母的人生格局、投入、教育认知、培养方向，孩子和整个家庭的际遇等，都会对一个孩子产生重要的影响，甚至成长过程中遇到的某些细节都会有重大的或正或负的作用。“父母之爱子，当为其计深远”（《战国策》），可悲的是，现实的情况往往是，不是“计深远”了，就可以成就他们。父母只能“取名开序”，后面的每一步人生之路，都得他们亲自丈量。

父母之爱，是这个世界上最纯粹的感情。真诚，也是纯粹的。比如这样的表达：

人生 / 避不过一段情 / 似刀似酒 / 如疯如魔（《人生百味》四十三）

人生 / 甘闻牛粪 / 也不欣赏 / 塑料的鲜花（《人生百味》四十八）

人生 / 最是逍遥梦 / 古道驰马 / 一柄长剑一壶酒（《人生百味》六十二）

最纯粹的理想是梦，所以是“梦想”。挂酒壶提长剑古道驰马，虽为“逍遥梦”，但里面最动人的理想一定是“路见不平一声吼”，挥剑斩下恶人颅。其实，这是一种政治理想，和大侠金庸的思想一脉相承。对此，他的诗中有更多的表达和阐述：

没有太多牵挂 / 指引方向的只有我的马 / 人们不会在意我 / 这样一个行踪不定的游侠 / 直到把遇见的邪恶斩于剑下（《游侠一》）

狮吼功，可让雾霾散尽 / 千里传音，可让战争叫停 / 化骨绵掌，可让垃圾消融 / 大力金刚腿，可让科技遁形 / 这些救世绝学，我一一摇头 / 最后，选择做一个厨子 / 因我知道 / 化劫在于度心（《绝世武功》）

行侠、治军、为政的最高境界，都不是斗争，而是“不战而屈人之兵”(《孙子兵法》)，是以武化之，以军化之，以政化之，总而言之，是以理服之、以德育人、以文化之，故曰“化劫在于度心”。英国历史学家、《历史研究》的作者汤因比说过：“拯救二十一世纪人类社会的只有中国的儒家思想和大乘佛法。”但是，要想成就一个人、一群人或者整个人类的理想，就需要“不忘初心”，需要“一片冰心在玉壶”。初心，这是一个更为朴素的概念，甚至是人类最原始人性的蓬勃萌发。

我裹上层层外衣 / 为的是抵御世俗和风雨 / 但只要剥开 / 里面那

颗守候的心 / 依然剔透洁白 / 一如从前（《卷心白》）

（四）

“初心”，还包含着人对生存的“终极意义”的考问和追求。这是俊奎的诗的另外一层哲学审视。

古希腊伟大的思想家、哲学家柏拉图曾经提出这样的哲学命题：“我是谁？我从哪里来？我要到哪里去？”人们一般称之为“人生三问”。

每个人 / 都有一个名字 / 那是父母对你我一生的希冀 / 美好、吉祥、诗情画意 / 但，它只是一个代号 / 去掉名字的你我 / 又是谁（《我是谁》）

人生 / 皆知属于自己 / 但多数时候 / 在成为别人（《人生百味》九）

人生 / 就是残缺的美 / 完美和痛苦 / 本就同义（《人生百味》十）

在我的认知中，有一个粗浅的理论：孝敬父母，是不忘来路；抚育子孙，是开拓去路。这显然不是哲学层面的答案，也不是指向生存的终极意义的。“君子之学必好问”，“非学无以致疑，非问无以广识；好学而不勤问，非真能好学者也。”（《问说》）但是给有些问题做答案，并不是一件易事。俊奎给出的关于存在价值的答案是，敬畏生命，承受苦痛，爱己及人，守住初心可种桃树。

人生 / 灵魂都有一个庙宇 / 它的堂皇 / 全由敬畏和虔诚所砌（《人生百味》二十二）

人生 / 活下去的理由 / 只有一个 / 爱（《人生百味》三十二）

人生 / 本就孤独 / 不离不弃的 / 是各自的灵魂和身体（《人生百味》三十三）

人生／没有桃花源／但／可以种桃树（《人生百味》四十五）

理想境界和现实之间永远有差距，但是这种差距并不影响我们去追求，就如爱情一样。当然，更高层面的生存价值，一定是拼搏，“战斗，永远是高昂的生命之歌”，战斗的过程就是存在价值实现的过程。追求自由，也是存在价值实现的方式之一。

狂奔／汗水中流淌着快乐／那被甩在身后的／尽是我胜利的战俘／战斗／永远是高昂的生命之歌／不息不休／直到我轰然倒下／地下也是一个深大的坑（《战斗》）

我是这样一个刽子手／一次次杀死自由的自己／为了淋漓的自由，流尽淋漓的血（《自由》）

但是“自由”是个太过于玄妙的词语，经常被某些人偷天换日别有用心地利用。规则是让我们讨厌的词语，可是没有规则就没有自由。我们特别喜欢庄子，喜欢他的汪洋恣肆，喜欢他的天真质朴，喜欢他的通达明悟，喜欢他的坚守初心，喜欢他的追求自由和逍遥，甚至说他“是一棵孤独地在深夜看守心灵月亮的树”（《庄子：在我们无路可走的时候》）。可现实生存的要求是，即使是庄子们，也需要遵守必需的规则——比如过马路要看红绿灯，否则连生命也没有了何谈生命的价值。规则内的自由，是真正值得追求的价值取向：

请给我点时间吧／我要与自由约会／找回另一半自己／我向周遭大声疾呼／企图让发号施令的人圆满我的意图／失望的是／看不到人，听到的只有我的回声／原来主宰我的／是自己（《寻找自己》）

你以独有的方式／激励、鞭策着社会不断反思修复／唤醒沉沦的人们／向着更加明亮的方向前行／成为人类文化史上的亮丽风景／你

就是 / 第欧根尼（《第欧根尼》）

在哲学史上，第欧根尼应该是一个像庄子一样让人喜欢的存在，是一面精神的旗帜，“成为人类文化史上的亮丽风景”。他的价值的实现，在于为了“唤醒沉沦的人们”而奉献了自己的全部，甚至不惜惊世骇俗身体力行苦行主义来表达自己崇尚简朴的生活理想。第欧根尼人生存在的终极意义已经实现了，其基本途径是“奉献”，就如“烟花”。

绽放的瞬间就是永远 / 因我 / 与美好相连 / 已全部奉献（《烟花》）

人类生存与发展固然离不开大人物、大烟花，但是更离不开小人物、小烟花。

2020 年的新冠病毒肆虐全球，而唯有中国率先取得抗疫的重大胜利，并在全球应对中落实“中国方案”，为全人类的生存与发展做出一个有责任有担当的大国的重要贡献，而这些依靠的是众多的小烟花。历史无法记住每一朵烟花的绽放，但是历史一定无法缺少那么多小烟花的绽放：

我宁愿相信天使只是传说 / 不要降落人间 / 不是拒绝可爱与希望 / 而是 / 天使不来 / 说明魔鬼不在 / 天使的每次拯救 / 也流着眼泪（《天使的眼泪》）

（五）

俊奎的诗，语言表达有有趣之处，能够让人感觉到言外之意和象外之趣。为了刻画等车时冷风刮面，他把冷风比喻为“寻仇的刀”，运用拟人化的手法把裸露在寒风中的皮肤称为“胆大的”，而且用了一个“削”字，两者发生碰撞的力度感十足。

空气中流窜着寻仇的刀 / 那些胆大的皮肤 / 都被削得生疼（《等车》）

雪花拉长我的睫毛（《等车》）

这样生动地来写等车者的处境，就为迫切希望打到车做了环境的铺陈，更为等到车来了又被别人抢了先而心生恼怒和气愤张本。何况漫天都飘着雪花，雪花落在睫毛上，似乎睫毛都被拉长了，写出了雪花如精灵一般调皮，有生命力，而且诗味浓郁。

有时候，为了更好地服务于主题的表达，作者会选择更为贴切的语气和句式。如：

不会刺目灼伤 / 只有温柔的光亮 / 与你邂逅 / 我会精心装扮 / 给你新鲜 / 还有我的衷肠（《做一个月亮》）

是谁伤透了他 / 瞬间泪光就冰封成雪花 / 狂风懂他的愤怒 / 在人们的窗口哀嚎、拍打（《大地之子》）

只有此刻 / 尘嚣入梦 / 我才能灵魂化翼 / 如风如鸟 / 如马驰于星河（《夜》二）

写月亮，为了准确地描绘月光给人留下柔和的体验，诗句语气轻柔一如月光的英华内敛。而写三月春天的“变脸”，“瞬间泪光就冰封成雪花”，则语气冷冽，让人想到那些叛逆的孩子，世界无法给予他们应有的爱和教育，于是有些人就冰封了自我的世界，甚至走向了另外的极端。在写夜间置身于一片祥和宁静之中任凭自己思接千载神游八荒，则采用长短句结合的方式，“如风如鸟，如马驰于星河”，一如夜间思维活跃，前后左右南北东西，任意拼接组合，瞻之在前，忽焉在后。

到了家 / 卸下一年的牵挂 / 举杯团圆酒 / 爆炒酸甜苦辣（《别》）

遇到懂我的火 / 触碰我的激情 / 将我点燃 / 那一刻 / 我毫无保留 / 用生命的刀 / 划破夜幕 / 飞到最高（《烟花》）

而到家后“卸下牵挂”，举起酒杯“爆炒酸甜苦辣”，遇到“懂我的火”就可以“将我点燃”，都是造语新奇，运用多种修辞，产生了令人欣然心会的艺术表达效果。

俊奎的诗中，比喻修辞的使用让许多句子文采斐然，使得表意形象生动，又情趣盎然。把孤独比作落日丢下的皮鞭，不断抽打人的灵魂，写出了在夜间白日的喧闹如潮水般退去之后人的寂寞；用痛的感觉来具象地解释人对酸味的体验，再加以“委婉”的修饰，就别具一番风味。

孤独 / 是落日丢下的皮鞭 / 总会在夜里 / 抽打流浪的灵魂（《夜》三）

你 / 是一种委婉的痛（《酸》）

里面的文字 / 一定要方方正正的中国字 / 因为它装着君子的骨骼（《空白的书》）

以中国字的方方正正来告诫子女，做人要方方正正，因为其中有“君子的骨骼”。以汉字来比喻人格人品，既突出了汉文字的品相、汉文化的精神，又写出了对子女饱含深情的期望。

春天般的女儿 / 夏天般的妻子 / 秋天般的母亲 / 还有冬天般的 / 满脸褶子、沉默的大地（《致敬女神》）

我想用“去你的”牌铁锤 / 狠狠将它砸碎（《冲动的镖师》）

我是酒精里的水，是水里的酒精 / 我是你的我，是我的我 / 是你的想象，也无从想象（《酒精里的水》）

“‘去你的’牌铁锤”，这是一个本体作定语的比喻句，希望把“去你的”这句话作为一柄重重的铁锤，砸碎“这块石头”。通过形象的比喻来表达微妙而丰富的情感，有些任务、有些“令状”不能不理，还要“将目标生死护送”，这是承诺重千金责任逾泰山，想摆脱却又不能摆脱。

而《酒精里的水》一诗中的比喻则更为复杂。我是水，是酒精；既是水里的酒精，也是酒精里的水，这是第一重比喻。又用酒精和水的关系为喻体，来说明“我是众生也是唯一”“是大是小，是简单是复杂，是分裂是合成”“我是一切对立统一”的道理，这是第二重比喻。作者通过这样的方式来达成对人在哲学层面的辩证分析。

酒是水质的诗，诗是心酿的酒。读俊奎的诗，如饮醇酒，可以使人更为通达地了解自我和人生，在获得愉快的阅读体验的同时，提升自己的人生境界。

宋雪林

2020年5月写于鄂尔多斯

目　录

第二辑 做一个月亮

第三辑　一条鱼

第四辑　酒精里的水

第五辑　漠上行

第一辑　人生百味

你是我的一只眼

你是我的一只眼
我是另一只
一指之隔
远过千山万水
相见
只能是湖面
抑或相片

但你我
有着相同的脉搏
相同的呼吸
听从同一颗心
你流泪
我便哭
你凋谢了
我也寻迹而亡了

空白的书

孩子
你是一本空白的书
我只为你取了名
开了序
后面的每一篇，每一节，每个字
都要你亲自写

希望
努力做你的书签
依次夹满每一页
梦想做你的笔
句句都流淌着赤诚
里面的文字
一定要是方方正正的中国字
因为它装着君子的骨骼
至于字体
楷体、宋体、黑体都行
但千万不是草书和幼圆
那样太过轻浮

孩子
希望每一笔
你都斟酌用心
要知道
再好的橡皮也会留下疤痕
再者
有些章节只能一次作答
尽管这是成长的意义

孩子
希望每一页
你都不要写得太满
留白是必要的装点
那些空间
留给闲暇和想象
自由是我对你的一点私心

孩子
希望你的梦里有虹
那样
才能描绘出多彩的人生
连页眉，页脚，注解，每一个逗点
都系着风景
包装
简单则好
因为内容已足够丰润

孩子
希望你散发独有的香气
在历史的书架旁
时常有人为你驻足
伴着音乐和奶茶
将你捧起，不舍放下
层层泛黄
是岁月披的金纱
你如音符飘进后人的传颂里
永不老去

人生百味

（一）

人生
就是从同一起点走向不同终点
一念之间
撇出一个世界

（二）

人生
又是从不同起点走向同一终点
区别在于
沿途的风景

（三）

人生
就是一场自我哄骗
到最后
捧出一汪荒诞

（四）

人生
就是不断寻找
穷其一生
寻找另一半的自己

（五）

人生
就是一场断舍离
算来算去
得到和失去永远是正比

（六）

人生
就是伴着笑声来哭声去
如果倒过来
那必是妖孽

（七）

人生
说来神奇
想幸福，和人比
想痛苦，和人比

（八）

人生
最重名利和情义
到结局
最忠诚的是身体

（九）

人生
皆知属于自己
但多数时候
在成为别人

（十）

人生
就是残缺的美
完美和痛苦
本就同义

（十一）

人生
本无意义
只是为了活下去
自我赋予

（十二）

人生
是一道没有答案的选择题
选择就意味着放弃
“正确”只是推理

（十三）

人生
很喜欢戴一副墨镜
有的看不见
没有的拼命找

（十四）

人生
最终是一场公平
快慢曲直
都会被大地收复

（十五）

人生
苦是乐的敌人
而乐的朋友
是苦

（十六）

人生
回忆会酿成酒
现在会化成风
未来会变成陌生的新娘

（十七）

人生
爱有很多名字
亲昵，唠叨，担心，思念
还有骂和恨

（十八）

人生
越无知越勇敢
越明白越胆怯
勇敢最瞧不上胆怯

（十九）

人生
都在排队
你不走
就被踩在脚下

（二十）

人生
两样最美
诗
青春

（二十一）

人生
坚若磐石又脆若蝼蚁
若石的是意志
若蚁的是肉体

（二十二）

人生
灵魂都有一个庙宇
它的堂皇
全由敬畏和虔诚所砌

（二十三）

人生
不必四季如春
每个季节
都有它的风景

（二十四）

人生
改变世界的是精神而非物质
谁拥有强大的精神
世界就会成为他的影子

（二十五）

人生
是一场内战
天使囚禁着魔鬼
魔鬼在丑恶中偷窥缝隙

（二十六）

人生
脖子是个分水岭
以上是理性
以下是冲动

（二十七）

人生
最该成为的
一是赤子
二是大地

（二十八）

人生
最宝贵的是时间
最便宜的是空气
但交换的都是生命

（二十九）

人生
最怕雷同
撞了衫
撞了人生

（三十）

人生
最美的语言
是无语
就脉脉地看着

（三十一）

人生
有两根脐带
出生前叫母爱
出生后叫大地

（三十二）

人生
活下去的理由
只有一个
爱

（三十三）

人生
本就孤独
不离不弃的
是各自的灵魂和身体

（三十四）

人生
很简单
一半献给了月亮
另一半献给了太阳

（三十五）

人生
一次就足够
若有来世
还会和今生一样

（三十六）

人生
最大的魔鬼是贪婪
能杀死魔鬼的
只有婴儿

（三十七）

人生
最容易的是说话
最难的是
说好话

（三十八）

人生
最智慧的活法
是懂得悦纳
悦纳自己，被世界悦纳

（三十九）

人生
是一场冲锋
向前杀死敌人
向后被自己杀死

（四十）

人生
用脚
走出各种标点
时间是橡皮

（四十一）

人生
恐惧是变形器
有的如苍蝇聚群
有的如狮子独行

（四十二）

人生
年龄是零下的温度
小时泪如泉涌
往后彻底冰封

（四十三）

人生
避不过一段情
似刀似酒
如疯如魔

（四十四）

人生
都在相互补偿
长久来看
因果平衡

（四十五）

人生
没有桃花源
但
可以种桃树

（四十六）

人生
敌人最善变
你成功了
敌人就少了

（四十七）

人生
最好的关系
是有事可叙
不谈货币

（四十八）

人生
甘闻牛粪
也不欣赏
塑料的鲜花

（四十九）

人生
没醉过几次
怎体会
武松的力量李白的狂

（五十）

人生
无惧伤痛
只要去往
自由蓝天的森林

（五十一）

人生
总说江湖水深
为什么
不学会游泳

（五十二）

人生
休妒他人
风儿告密
他人也在打听自己

（五十三）

人生
不宜裸露
需要用微笑
包扎别人并不关心的伤痕

（五十四）

人生
恍若悟空
筋斗云，七十二变
都逃不离头上的金箍

（五十五）

人生
是一场人品守恒
糟糕透顶之后
出场的就是阳光彩虹

（五十六）

人生
活在天地间
天地源于混沌
要什么清楚

（五十七）

人生
需防一个字
愧
心中的鬼

（五十八）

人生
要过程还是结果
如同鱼和熊掌
无疑，都要

（五十九）

人生
最无解的问题
不是鸡生蛋、蛋生鸡
而是死后思念谁

（六十）

人生
打着灯笼找贵人
转身发现
他就藏在努力背后

（六十一）

人生
每一幅作品
有人点赞
有人摇头

（六十二）

人生
最是逍遥梦
古道驰马
一柄长剑一壶酒

（六十三）

人生
如同一部车
不按时保养
等待的就是大修和报废

（六十四）

人生
外在的方圆
内在的道德
都是获得自由的轮廓

（六十五）

人生
性善？
性恶？
都是把人劈开的胡扯

（六十六）

人生
情绪是天气
得意忘乎所以
失意产生回忆

（六十七）

人生
太多自以为是
回过头来
满路可笑

（六十八）

人生
需要些叛逆
多少梦想
死在“为你好”的忠告里

（六十九）

人生
你不是我
不知不懂我
如何评价我

（七十）

人生
没有谁比谁苦
只有
谁比谁会笑

（七十一）

人生
相遇比比是文人
面前相互吹捧
背后冷语相轻

（七十二）

人生
最自由的
是灵魂
而灵魂总在孤独处

（七十三）

人生
有人活成诗
有人活成屎
差别不仅是读音

（七十四）

人生
自卑的骷髅
是因两个小鬼吸干了血肉
一个叫羡慕，一个叫嫉妒

（七十五）

人生
如同一杯酒
由浓烈到清淡
直到彻底风干

（七十六）

人生
若为永生
只有灵魂
肉体终归腐烂

（七十七）

人生
最美莫过爱情
想着的除了对方
就是奉献

（七十八）

人生
是一阵慢的风
到最后
才能吹醒执迷的人

（七十九）

人生
远观婀娜多姿
近看
满脸痦子

（八十）

人生
不要怕死
没有比活着更难
没有比死去更易

（八十一）

人生
不要相互高估
碾碎你轮不到历史
只需要一个转身

（八十二）

人生
安放在哪里
天上再美
不及你的梦里

（八十三）

人生
科学解人
宗教度人
哲学疯人

（八十四）

人生
千万识清两团肉
臀上的屁股
颅上的脸

（八十五）

人生
无梦最可怜
既愈不了伤
又少了半个世界

（八十六）

人生
最害怕失眠
伤了躯体
安慰不了灵魂

（八十七）

人生
滋润了就像呼噜声
惊醒着别人
甜美着自己

（八十八）

人生
执拗就是枷锁
越不放
越沉重

（八十九）

人生
不管如何稀松
都会在拐弯抹角的缝隙里
找到继续的理由

（九十）

人生
是一场悲喜剧
小时候，哭着哭着笑了
年老了，笑着笑着哭了

（九十一）

人生
最惜是相逢
聚了必有散
散了难再聚

（九十二）

人生
不过生死一梦
轻松点
太累难有梦

（九十三）

人生
惬在平和自在
但总有人
撩拨到打翻你的忍耐

（九十四）

人生
修行的树上
结出两个果子
一个是缘，一个是劫

（九十五）

人生
是一场累积
无数次选择
描摹出了命运

（九十六）

人生
是一番乏味
乏味的恋人
叫情调

（九十七）

人生
真理掌握在
关系很好，脾气很坏的
人的手里

（九十八）

人生
最大的困难
不是命中注定
而是人为地制造困难

（九十九）

人生
不遭人厌的投机
只有一个
感恩

（一百）

人生
最美的终点
是没有相负
笑着离开

磁力人生

可以如胶似漆
亦可势不两立
这取决于彼此给予的方向

因为
我们是一样的磁力片

致青春

青春是一场奔跑
不知疲惫
宛若草原上的蒙古马

青春是一场躁动
无畏伤痛
感觉就是方向的路

青春是一眼见底的清澈
没有世故的镜片
和手上混浊的泥

青春是一次怒放
勇敢的撕心裂肺
彻底的毫无保留

青春是人生的夏季
心跳和泪水
都是六月的滚烫

青春是回忆的相片
美好是褪不掉的底色
里面是分不清的友情和爱情

青春是刚出巢起飞的鸟
使劲拍打着翅膀
天空依然太高

青春是少侠的剑
正直，凌厉
不问江湖深浅

青春是枝头的花蕾
芳香点翠
诱醉所有路过的人

青春是拴不住的桀骜
心里冒着浇油的火
身里装着不拐弯的牛

青春是一首绵长的诗
世界装满我的意象
生命是我的诗行

时间

有人说
时间是海绵里的水
其实
它更像水里的海绵
只一瞬
要么因为轻柔
被风吹散
要么因为贪婪
石沉大海

答卷

学生在考试
我在监考
其实
我也在考试
生活在监考

每个人
一生都是学生
每天都在答卷
答案在时间里
参考书是自己

游侠（一）

我不愿有人跟随
只独自一人
还有一把剑，一壶酒，一匹马
走尽天涯

没有太多牵挂
指引方向的只有我的马
人们不会在意我
这样一个行踪不定的游侠
直到把遇见的邪恶斩于剑下

我也不自炫夸
更不追求报答
我只是信马由缰
自由行走
舞着剑，饮着酒
笑看天涯

游侠（二）

风是我胯下的马
闪电是我手中的剑
云朵是我的随从
负责打探人间的冤情
雨与雪是我温柔的手
用于洗刷和掩盖浮世的灰尘

白日
我把太阳吞进胸膛
于恶，双眼如炬
于善，心肠热得滚烫
还有的火辣
留给心爱的姑娘

夜里
我把月光酿进酒壶
一杯用来暖肠
一杯用来遐想
剩下的
用来疗伤

绝世武功

造化遇得一位高人
他欲授我绝世武功
狮吼功，可让雾霾散尽
千里传音，可让战争叫停
化骨绵掌，可让垃圾消融
大力金刚腿，可让科技遁形
这些救世绝学，我一一摇头
最后，选择做一个厨子
因我知道
化劫在于度心

功成下山
我请所有人吃大餐
和善豆腐，均富肉
戒贪丸子，忘忧汤
清心蔬菜，自在鱼
最后一杯康健酒
全都醉了
一觉醒来
山清水秀，鸟语花香
世人和睦，天下太平

内战

莫名一束白光
一个陌生的我站在面前
确定，样子无二
我怀疑在做梦
或者死了

那人威风逼人
左手执剑，右手握着一个古色的酒壶
不屑地啐道
你这个人模狗样的
囚徒

我要争辩
喉咙撕破却发不出声
周边泛起鬼唳的风
四肢也动弹不得
绑架我的是一个黑影

影子愈缠愈紧
藤隙间绽出层层血痕

窒息间
我问凶手是谁
影子魔怔地笑我不识自己的欲望

在我闭上双眼听从安排的刹那
白光与黑影厮杀在一起
我是他们争夺的猎物
也是彼此手中的武器
我混乱致迷

他们似要杀我
又要救我
以各自的理由爱我
他们分明都是我
最后，彻底分裂了我

陀螺

小时候
觉得玩陀螺很快乐
现在
终于知道陀螺的痛苦了

瓜子

可以一颗一颗吃
也可以攒成大把吃
前者慢了些
牵住时光，节拍均匀地咀嚼着休闲
后者过瘾
借助等待，一次爽尽人间美味

生活恰如吃瓜子
大人喜欢慢慢来
孩子喜欢大把来
慢慢来是因为时间溜走得太多太快
大把来是因为时间是玩伴
唯恐不尽兴，早回家

自由

鸟儿向往天空
鱼儿渴望大海
我向往鸟儿
渴望鱼儿

我站立大地
拥有天空
云端鸟瞰
怀抱大海
但我
不是一只鸟，一条鱼

于是
求愿佛前
让我成为一条鱼
为此愿舍去半生命运
佛默许

一瞥
我已在海中舞蹈

七色的波光和曼妙的水草
还有望不尽的深蓝
让我吐出酒精的泡泡
这分明
是美的凯旋
眼前
没有比纵情更好的呼吸

恍惚间
我想起鱼跃龙门的传说
显然这是为我量身定做
于是
我抓住窃喜的跳竿纵身一跃
不好，竟跳到金灿灿的渔网之中
更意外的
撑起渔网的人正是我的前生

我随即求佛
愿做一只鸟
为此愿抵去我的余生
佛应允

又一瞥
我已在空中飞翔
白云做被林为床
没有阻挡，眼前都是曾经的想象
我的高，让一切都变得小

铁的翅膀
让我笑看地上的蜗行和相互侵害的荒唐

我纵情地飞
伴着歌唱
直到浑身乏累
栖息林中
也止不住对过往的轻蔑
短暂的变幻
已让我感受到自由的淋漓
这就是做鸟的骄傲

就在沉浸喜悦的那一刻
耳边一声枪响
我翻身落地
胸膛淌出鲜红的血
眼里最后那丝光定格
捡起我尸体的
竟然还是前生的我

我是这样一个刽子手
一次次杀死自由的自己
为了淋漓的自由，流尽淋漓的血

战斗

当夜未退去
我的地方
已灯光通亮
用我的声音和脚步
取代那偷懒的雄鸡
将黎明唤醒
迎娶美丽、充满希望的新娘

战斗吧
心有梦想的人
所有挫折与不悦
都在一梦之后风轻云淡
心中所向
把你我力量滋养
不要回头
更不要听那风语
你想要的
就在前方

狂奔

汗水中流淌着快乐
那被甩在身后的
尽是我胜利的战俘
战斗
永远是高昂的生命之歌
不息不休
直到我轰然倒下
地下也是一个深大的坑

等车

七点的风雪夜
霓虹朦胧
空气中流窜着寻仇的刀
那些胆大的皮肤
都被削得生疼

我在街的一角
雪花拉长我的睫毛
僵直的身体扭动如炬的眼
如夜莺捕食前的静谧
极力搜索亮绿灯的出租车

世界定有灵
我的迫切让司机感应
一辆空的南路飞来
眨眼临近
它准是为我而来
两条光柱已等不及与我对视

喜蕴正浓
前面忽地射出一个黑影

车停，人走
奈何，我被这赶巧的截了和
只能再等，气愤的是二次被劫

我打开脑洞
发现悲催之由是离车太远
为投机的人留下空隙
于是我驾雪南驰
尽量抓住路口

我已识破天机
留下的只有等
奇了怪
南不再来，北却有往
刚才的位置又成了近水楼台

冷的天
让我口已冰封
却难阻止心潮泛起咒怨的涟漪
咒怨这些戏弄我的人，犯错的人
没看清我是那个更早等车的人

转念一想
司机没错
搭车走了的人也没错
我也没错
错的只是
误解了“缘”

寻找自己

忙的时候
思想是干瘪
所有的来去缘由
都被匆匆歼灭
躯体是唯一的运动
机械，乏味
一旦卷入洪流
合理就彻底吞噬了质疑

间隙
我察觉到了迷离
平日走得匆忙
只顾低头走路
去忘记了抬头看路
猛回头
我已丢了自己

请给我点时间吧
我要与自由约会
找回想要的自己

我向周遭大声疾呼
企图让发号施令的人圆满我的意图
失望的是
看不到人，听到的只有我的回声
原来主宰我的
是自己

悟空

上天孕育了我生命
我的出场也足够精彩
天崩地裂，地动山摇
天神视我雏草
也仁慈相待
与群猴嬉闹
自在逍遥

为了长生不老
我寻仙访道
渡海，攀山
惊人间是非烦扰
三星洞，菩提祖
学徒也机灵开窍
习得筋斗云，一翻十万八千里
七十二变，更让同学艳羡

怪我得技炫耀
换得毕业草草
也罢，我那洞天福地早也梦回牵绕

归故里正遇外敌侵扰
一身本领，岂容妖魔占地欺小
只三拳两脚，群妖便伏首求饶
我也当仁不让，成了一方魔王
探龙宫，寻得如意真铁
闹地府，打得冥王灰头土脸

天宫玉帝动了怒颜
亏得太白老儿懂得和贵化险
说也气人
先称弼马温，又封齐天大圣
得了虚名却是放马看桃
于是我偷蟠桃，盗仙丹
搅得那诸仙与盛会
没了兴致乱了套

既已干戈难免
那我就旌旗飘摇
你有十万天兵
我有万千猴孙，还有无数猴毛
兵来将挡，巨灵，哪吒，四大天王悉数登场
与二郎神旗鼓相当，怎奈
突放暗器将我来降
斩妖台上，刀砍斧劈只是挠痒
炼丹炉里，烟熏火烤铸我铁骨金刚
再看那众仙，个个闻声胆破
天庭欲坠，弹指便要换了主人

斗不过
神仙也想到找帮手
在权和利面前，修的道荡然无存
西方如来大驾光临
让我大开了眼
佛祖不仅要玩赌，还施法耍赖
在翻手落石的刹那
我被压在五行山下
挣脱不得之时
分明听到天上再次推杯换盏，歌舞升平

五百年
望遍春去冬来
尝尽风霜雪雨
虽背负万钧巨石
难抑我对自由的追寻
此外
我还在质疑公平，怀疑人生
这天上人间本就雷同

后来
一位高僧救我出来
如获二次生命
同样从石头中蹦出
同样天崩地裂
只是

这一次要负重西行
路上，头上多了金箍
我知道
我已没有了自由

石磨

看到一座石磨
想到它的青春叫陀螺
想到脚下的地球
还有我

自由，骄傲
在时光的放大镜下
浓缩，静滞下来
偶尔触碰到感怀的人

我是谁

每个人
都有一个名字
那是父母对你我一生的希冀
美好，吉祥，诗情画意
但，它只是一个代号
去掉名字的你我
又是谁

你，我是父母的百分之百
是同学中的百分之一
是一个学校的几千分之一
是一座城市的百万分之一
是中国的十四亿分之一
是世界的七十亿分之一
而于自然，宇宙，星空
我们轻若尘埃

但
你，我
不甘堕落，沉沦

被这世界忽略，遗忘
于是
你我奋力返程
卧了薪，尝了胆，拼了又搏
伸脚踏出新的深的路
振臂唱出挣脱战斗的歌
世界也听从了我的嘱托

我就是我
独一无二的我
有名字的我
让世界铭记的我
如父母对我的希冀
美好，吉祥，诗情画意

飘荡的惆怅

天上繁星闪烁
人间万家灯火
中间的黑暗

飘荡着我的惆怅

第二辑　做一个月亮

做一个月亮

假如让我选
比起太阳
我更愿做一个月亮
那样
就可以在尘嚣尽落的夜里
给你安详

不会刺目灼伤
只有温柔的光亮
与你邂逅
我会精心装扮
给你新鲜
还有我的衷肠

前半个月
带着爱的增长
后半个月
带着恨的消却
每一夜
都是缘的荡漾

无名的花

每年三、四月
桂园、杏苑后面
那几株被人遗忘的树
都会默默开花
白里透红
恰如青衣的淡妆

行走匆忙的人
身体里都装满发条
绷断的警报声在脚步里咯咯作响
这身边花的风情
少有人懂
是桃？是杏？
连名字都是无人猜的谜

无名的花
我也是你身上的一瓣
在轰鸣的城市角落里
安静地开
悄悄地败

大地之子

北方三月的春
脾气活脱脱像个孩子
你瞧
昨天还红杏初露
今天就飞沙走石
脸变的
就像川剧的杂演

是谁伤透了他
瞬间泪光就冰封成雪花
狂风懂他的愤怒
在人们的窗口哀嚎、拍打
泣声中说
不要丢下我
我不想性乱如魔

夜（一）

当喧嚣沉寂
月亮不再娇羞
任她的手
帮我脱去既遮风又避羞的外衣
还有沉重而僵硬的面具
赤条条地舒展在那里

最好喝点酒
让全身发热
让欲望和想象自由膨胀
或者不喝
叫醒另一半隐藏的自己
来一场博弈
谁输谁赢
都是自己

只有在夜里
世界都睡去
只留下天上空旷清澈的星空
和地下一个逍遥的灵魂

默是最好的言语
而我
才纯粹彻底

夜（二）

月亮最是乃文乃武
左手拿刀将狂躁收割
右手用笔把彩色涂墨
徒留勇敢的星火
含情脉脉

只有此刻
尘嚣入梦
我才能灵魂化翼
如风如鸟
如马驰于星河

夜（三）

夜幕
是寂寞的网
逃掉的风
带走了它嘈杂的兵

孤独
是落日丢下的皮鞭
总会在夜里
抽打流浪的灵魂

夜（四）

又到了夜
又到了思念
抹着眼睛
随手一扬
天上挂满了我的泪光

夜（五）

夜里
解散了身体
血脉便开始奔腾
灵魂也变得磅礴
借着思绪的飞毯
穿梭于心的所向

眼
睁与不睁都一样
鸦雀用羽毛遮蔽了所有诱惑
梦
醒与不醒都一样
自由打破了一切阻隔

月光

今晚
月亮掉进我的心房
化作思念
洒出温柔的光

只为
天涯一方的你
或梦或醒
都有温柔守望

午夜的红娘

月光
羞答答地溜到我的窗前
蹑手蹑脚
静到无人知晓

更害羞的是我
呼吸和心跳出卖了我的紧张
让守在床头的时钟
嘀嘀嗒嗒发出警报

起初
烦它，恨它
慢慢
它的品格让我为之转了半个圆

它不仅守着秘密
还成了午夜的红娘
定时将我叫醒
以不负月光的深情

梦

思念的星空
任心悸飘摇
每一个有心事的人
都因你而醉

白日里的伤痕
盼着与你约会
等你的温柔
抚摸，亲吻

那些来不及的事
去不归的人
唯有你的牵线
圆满，相逢

有了你
时间，世界也翻了倍
所有残缺
都被你一一缝补

只怕
只怕
哪个不解风情的
将你叫醒

海与天

我和你
如同大海和蓝天
距离太远
彼此怎么能懂

远望是同样的蓝
但你有你的高远
我有我的深沉
彼此怎么能同

你有雄鹰展翅
我也有海鸟盘旋
各自美丽
谁又羡慕谁

你有高处不胜寒
我也神秘
有令人胆寒的脾气
谁又畏惧谁

尽管陌路
我还是不愿看你哭泣
你的每一滴眼泪
我都统统收进心怀

三月的风

载着希望
深情款款
我从海上而来
吹散天际的愁云
解去河水的冰封
为山川草木换装
这一切
都是为了赶赴春天的邀约

每年此刻
望着满眼生机
我都温柔，甚至有些醉酒的妩媚
有时
看到大地的伤痕
我也悲痛
狠狠一巴掌
让沙尘宣泄我的愤怒

我想
我是一个闹钟

叫醒沉睡的生命，追梦的人
我是一杆秤
度量着万物的生死平衡
终归，我是一位母亲
你身边触听到的每一点气息
都是我流动不止的爱

草原恋

雄鹰恋你的天空
自由与辽阔能装满眼睛
骏马恋你的大地
只有这里才能畅快奋蹄
羊群恋你的神奇
抬头便能望到天上的自己
河水恋你的纯洁坦荡
每一处行走都清澈得直来直去
草和狼
更是恋你的
就像你深沉地恋着它们一样
在牧人心里
前者被奉为生命
后者成了生命的图腾

我也恋着你
和我一样的
还有一百一十八万平方千米
恋你分明的四季
恋你憨憨的热情

恋你装下天地的胸怀
恋你吹过的每一阵风
恋你千年的烈酒
恋你那份豪放中包裹着的
对上苍的谦卑

相恋

云与云是相恋的
或隐，或现
藏不住惊天动地的约会
于是有了雨

雨与大地是相恋的
或默默，或借风耍着脾气
终归是一场缠绵
于是有了万物

万物与人是相恋的
或早，或晚
都将握手并肩
于是有了和谐

洋葱

每次对你的了解
都伴着眼泪
你的每一瓣故事
都带着忧伤

该怪心狠手辣的人
还有冷漠的围观者
非用死亡
来证明你的清白

春

你如期而至
双手一合就是一个雷
惊醒沉睡的虫草
连笨重的山也变得温柔
你看它身上的树
换上绿装多么娇羞
最大胆的是河水
竟然裸露开怀、无麦清唱了

我也等着你
等着心花怒放
等着燕子回家看我
但又怕你
你的美丽
让我脸上的褶子更加羞愧
每次邂逅
你都加倍地把我的青丝带走

卷心白

我是一棵卷心白
不与红花斗艳
不与绿树比高
只是静静地发芽、生长
聚拢支撑我的土地
吐露春的翡翠

我不排斥周边的杂草
也无拒虫蚁的骚扰
青蛙时常为我的风度鼓掌
只怕秋冬太早
偷走我的年华
误了我饱满的青葱

我裹上层层外衣
为的是抵御世俗和风雨
但只要剥开
里面那颗守候的心
依然剔透洁白
一如从前

海

一颗孤星
被夜幕抖落
地上多了一汪水
从此
有了海

波澜是它的表达
住在里面
争风吃醋的
叫
爱，恨，情，仇

光

你把所有的爱
守时地献给万物
乌云替黑暗找你寻仇
最后化作悔恨的泪
还不服输
你便让它泪封成冰

人们因温暖爱你
有时也因灼伤恨你
但很少懂你
只有静默凝望的人
用心的三棱镜
才知你的七色心情

你是我的光
默默捧着温度，希望，生命
还有愚钝的我
每天把美好给我
却在温情的夜里隐身而退

四月的天

在抽丝的柳条中
在怒放的花苞中
在流动的暖风中
在越来越早的晨曦中
在布谷的欢叫中
在窗户里传出的
年轻妈妈们呼喊孩子回家吃饭声中
你盈盈走来
卸下冷酷
酝酿着一场夏日的热恋

你带来了世间的美好
美好到如诗如梦
让每一个灵魂
都想着对方
在奉献中期许、表白、生长
连沉默龙钟的老马
也努力脱去生锈的铠甲
秀起肌肉昂起头
它诱着我
来一次狂奔的撒野

恋人

一生
只为恋着一个人
你在
便春暖花开
你去
便失魂落魄
徒留一副躯壳
曾经铁石的心
也化作沙漠
荒芜的没有尽头

五月的青春

人间的五月
恰如我的青春
蜕去娇羞
但又没有激情到了头

有舒展的绿
有吐芳的花
有长着尾巴的小青蛙
有打滚跳高的蚂蚱

一切刚刚好
天不冷不热
地不荒不茂
人也在不成不败的时候

终结

冰冬
被惊蛰后的一声虫鸣终结

漫夜
被第一缕晨曦终结

愁云
被一阵清风终结

孤独
被一本本书籍终结

日子
被一幅幅回忆终结

我对美的想象
被你的出现终结

第三辑　一条鱼

做一只燕子

做一只燕子
衔来春风，剪出细叶
借彩虹作笔
涂描一眼花红柳绿

做一只燕子
千里归巢，不羡王谢
恋的那方情愫
都在自家小屋

做一只燕子
呢喃蜜语，不离不弃
向世间垂范
什么叫比翼双飞

做一只燕子
日出而作，日落而息
遵守大地的时钟
不迷恋那诱人的荧屏

做一只燕子
时常枝头诵经
一瓣露珠，一叶小虫
懂得知足常乐才是真

做一只燕子
衣着就是我的性情
不华丽炫耀
简单且黑白分明

做一只燕子
不让人看到我的身伤和泪光
每次飞翔
展示的都是优美和自由

做一只燕子
当天空不再有我的歌唱
不必寻找，眼前那丛小草
就是我对你的微笑

蛇与诱惑

诱惑是你的灵魂
起初在伊甸园
抵不住诱惑
现在
变成女人的腰
诱惑别人
苹果让你匍行
你让男人匍行
看来
诱惑与毒是一场平衡

密涅瓦的猫头鹰

当天边的火球被西山捕获
当人间的躁动都钻进被窝
当鸟儿不再争鸣
当树木被相机定格
当色彩被单调的黑暗吞没

当河水唱出喧哗的清澈
当蝙蝠冲出岩穴轻舞飞扬
当萤火虫求爱着月光
当猫变回杀手，双眼如炬
当另一个世界缓缓开启

我开始起飞
在尘埃落定之后
在所有人摘下面具，赤裸之后
我听到有人说着秘密
我看到有人在噙泪疗伤
只有婴儿香甜的熟睡
还有沉默的大地

神气的鸡

一只鸡
心里跑来一只兔子
迈着七上八下的脚步
鬼祟在主人身后
一条不经心的鼻涕
让它如醉疯迷

返途中
那兔子变成飘浮的云
它摆着屁股挺着胸
故意经过食米的鸡群
神气地说
瞧，这是主人宠我赏赐的珍珠

散步的猴子

或是今年的春天太过寂寞
一只猴子在小区降落
闲庭信步
向含苞的杏花招手
看着风卷云舒
遇到围观的人
便摆起造型
配合每一个美的捕获

新鲜的风
瞬间吹来更多的人
左脚物业，右脚巡警
猴子定是个频繁登台的大明星
目中无人地穿梭在人群、石墙和车盖上
有人惊恐地喊：别上，那是领导的车
这不谙人世的猴子竟充耳不闻

有人扔香蕉，有人套纸箱
笨拙的伎俩
囧到在猴子面前抓耳挠腮

终是它的主人前来
抱着它匆忙离开
我希望它早点回去
远离喧嚣的人群
又怕它回去
这份坐着春风的自由
几时再有

两只老虎

一只在深山
一只在家中

深山的老虎食肉
家中的老虎摄心

食肉的老虎进了动物园
摄心的老虎诱醉了世界

大象

我是一只象
坚壮如石
威猛的外表只是用来御敌
虽有万钧之力
从不把弱肉来欺

丛林，草原
有时也会游走于戈壁
不管在哪里
我都懂得艰苦奋斗
自食其力

我的生命
要在妈妈体内孕育近两个秋冬
这份最长的爱
让我终生感恩
即使长大
也不会脱离家庭
生死陪伴
让我享尽世上最好的天伦

我虽笨重
却悉通哲学人生
从不匆忙
悠闲诗意着生活
也不虚浮
大地镌刻下我最深的脚印

当我老了
走不动了
我也不让家族为我受累
更不愿亲人看到我的眼泪
我会悄悄，悄悄地藏进树丛
让枯叶和泥土将我掩埋
只留下风的气息

我是一匹马

我是一匹马
驮着我的王子和公主
信步在家的草原上

我会纵情歌唱
但不会飞奔
我会摆肩摇臀
故意制造险情
但拿捏到不让娃儿掉下
感受小手将我抓得更紧
还有害怕的尖叫声
足足衬托出我的巨大

这人类中的牛马
心甘俯首负重
还从不抱怨
真傻

一条鱼

我愿做一条鱼
但不愿被放到鱼缸里
宁可历经流沙漩涡
至少自由在我手里

我愿做一条鱼
做一条逆流而上的鱼
纵血流皮伤
也为梦中的方向

我愿做一条鱼
做一条自食其力的笨鱼
只知道努力
不去学投机的技艺

我愿做一条鱼
做一条知足的小鱼
不去触碰那眩晕的诱惑
也免去了成为猎物的悲歌

我把家中鱼缸里的鱼倒进海里
它不言，我无语
它头也不回地离去
我久久伫立在原地

猫

我愿做一只猫
做一只枕着阳光，盖着悠闲的猫
不必在夜间暴露凶光
为了饥食走街串巷
更不会为了争宠
在主人面前
摇着尾巴跳高

我愿做一只猫
做一只猫中的隐士
不去争什么十二生肖
为了名利
让江湖血雨腥风
我的武功是个传说
非要打听，那就在我的徒弟百兽之王身上
尽情想象

有人说我知礼高贵
将我的塑像置于门前
向来往的人招手

说这样可以纳来福气
也有人将我等同邪恶
让我通体浸染夜的黑
被我撞上就是一个霉
面对这些言语
我不喵喵叫
头也不回

蜘蛛

你这可恶的东西
出生便吃掉母体
兄弟姐妹都离你而去
孤独是你造孽的应有之义

你从不讲江湖规矩
为了满足低等的食欲
自己躲在阴暗的角落里
用你口吐的花折伞布满杀机

殊不知
你这厉害的武器
残害了别人
也网住了自己

石头（一）

千年的风干
让你圆润为玉，璀璨成钻
带着妖气
潜伏人间

你分明是蛊惑人心的罂粟
让人入骨的迷乱
一旦拥有
便很难释手

可怜那些着迷的人
一路走
一路捡
满心欢喜
又伤痕累累

再看
捡你的人越来越多
还在炫耀攀比
那个有你最多的

走得最慢

跑在前面的孩子
回头喊
前面就是桃花源
被你媚惑的人
个个佝偻弯腰，抬不起头
有的已重压气断

石头（二）

我是山上一块石
一同滚下山的
是我的伴侣
相伴的路
有的长，有的短
沿途有阻隔，也有会合
那撞出火花最硬的一块
是我的伴侣
既相互伤害
又相亲相爱

雪（一）

翻过感恩节的夜
没有约定
你来了，来的正好
悄悄的，绵绵的
既寻常又惊喜

你还是那样调皮
除了早起的人
没有人见到你翩翩起舞
梦醒了
世界已被你带进了童话

你知道
人们有多想你
因你的纯洁 你的安详
银装素裹的不仅有外面的大千世界
还有一颗颗风尘仆仆的心

你没有雨的忧郁
也没有风的刺烈

只管眷顾着大地
消融着浮尘，冷却着躁动
都以你圣洁的身体

我是爱你的
你静静地飘扬
我也静静地迎着你
你不言
我亦不语

你来赴约了
我就开始盼望了
年近了
累了
想家了

雪（二）

天送瑞雪一夜白，
万物银装没尘埃。
此景最宜温壶酒，
与君对饮叙旧怀。

秋

稚子归来迟，偷得半时闲。
四周寻静处，南山有幽园。
泊车急足飞，唯恐游不全。
越桥接秘境，恍若入桃源。
坡上秋草黄，林间落叶红。
曲径绕柳帘，远隔车马喧。
脚下落叶软，无风冬日暖。
鸟鸣自啁啾，溪水流潺潺。
绿尽红杏寂，叶落林孤单。
留恋不欲回，路转遇故人。
杏坛三十载，将及花甲年。
素不与世争，更无论功名。
执手且为伴，相携同游园。
人生何自苦，白发赏红叶。
身矫体康健，心宁烦自偏。
心有桃花源，处处水云间。

第四辑　酒精里的水

我的往后

一阵风
吹走半生
我的往后
就从此刻向死亡游走

一个叫梦想的故人
葱葱茏茏
今日扼住我的咽喉
以死相逼

我的生命中
最舍不下这位故人
今天要与我玉石俱焚
我只能认㞞

我答应她
往后要叫醒耳朵
一只聆听悦动
一只封闭嘈杂

我答应她
往后擦亮双眼
一只欣赏美好
一只淘洗污浊

还有
我的鼻子
一孔用来呼吸新鲜
一孔用来嗅遍芳野

我的嘴巴
要变小
少说，尽量缄默
少吃，少饮那如命的酒

我的手
要种出一棵老来乘凉的树
我的脚
归这位故人所有

我的五脏六腑
与宇宙格物
我的发肤、骨头和血液
留给家族

毒

蛇？
蝎？
蜈蚣？
蜘蛛？
蜜蜂的刺？
海胆的汁？
还是武大郎碗里的药？
不！
是你让我信以为真的一个谎。

给马哥的诗

午夜的电波
冲破千里阻隔
从遥远的阿拉善直奔鄂尔多斯
虽是一个陌生号码
我还是一句便识出你

兄弟
我猜你喝了酒
没错，你喝了酒
我知道
只有浓烈的酒
才能点燃一个老男人压抑的火

你说时常想起我
想起我们一起唱歌
从三道桥到南梁坡
从广场少有人走的那条小河
到腾格里沙漠

你说怀念我们一起看球

你是森林狼，我是达拉斯
时常为偶像不同而争执
如今，他们早已退去
我们，好想见面打一场球
只是一对一，不防守

你说生活有些苦闷
要把我当成发泄桶
不管我愿不愿意
听得出来
你话里有些客气，微有啜泣

你说想与我喝一顿酒，大酒
今天喝了很多
可惜没我
有好多话说
又说只是聊聊

兄弟
你说了好多
今天，我甘当一个听客
你的每句话
都在加热另一个老男人的眼眶
让泪水滚烫得溅湿被窝

电波断了
记忆绑架我不容睡去

兄弟
阿拉善，还有你
也时常在我的梦里
你谈到的，还有没谈到的
早已封存在我的生命里
酿成了回忆和见面的酒

莫名

一个简单的字
盯的时间长了
莫名得感觉不对劲

一个熟悉的人
偶然间
觉得很陌生

我对着镜子
翻着相片
相差几个世纪

只有过年回家
在妈妈眼里
我还是同一

最好的诗

想做一位诗人
却写不出一首像样的诗
我有一个宝贝女儿
她成为了我想要的诗

阴天的客

寂寞是阴天的客
飘雪是寂寞的惆
一片片
一层层
掉落孤独的茧皮

这样的日子
我会喝酒
不会散步
我会写首诗
不会翻开电话簿

若你

若你
是孤独的
我便绣朵云给你
你推开窗
失意投向云海茫茫
乌墨滚云里
那一朵背后
闪着温暖的阳光

若你
是迷茫的
我便种一抹绿给你
你抬起头
叹息蔓延荒野漠漠
燥热砺石中
那一树叶盖
荫着梦中的凉意

我知道

我知道
我所说的
是在往油锅里浇水
但还是要说
只有在文化中
才是一个人
而做好一个人
根本不需要文化
文化
最终是灭亡的帮凶

酒精里的水

我身上无羽，两脚直立，是易写难做的人
我一边想着死，一边偷着生
我是白天的白，黑夜的黑
我的心里盘旋着天使，也隐匿着魔鬼
我的灵魂在天际飘浮，也在大地行走
我的世界有深沉的爱，也有无底的恨
我的态度有太阳的狂热，也有月亮的冷漠
我是众生，也是唯一，是大是小，是简单是复杂，是分裂
是合成
我是一切对立统一

说到底
我是酒精里的水，是水里的酒精
我是你的我，是我的我
是你的想象，也无从想象

原来

亲情被时间出卖
分离出友情

友情被时间出卖
分离出爱情

爱情被时间出卖
转身为亲情

原来
爱情才是生命的源头
时间
是个不折不扣的叛徒

酸

你
是一种委婉的痛
没有其他作料的猛烈
但却绵长
绵长的像早晨的影子
秋季的雨
牙疼的人最懂你

没有人爱你
却有人在不知觉中成为你
傲慢是你下的蛊
他们散发出的
是硫黄的毒
所以你明白
为什么有人吃饺子都不放醋

诗的双重性

诗是最美的语言
美到与烟火绝恋

诗是梦中的生活
只是在梦中想象

粪球

白云懒躺着
听着风儿的口哨
偶尔瞥一眼
花草树木的摆臀弄姿
竞相风骚

一个人推动着猎物
独自时匆忙又欢喜
见了路人紧张又得意
白云笑了
谁会抢你手中的粪球

路灯下消失的人

多年前
一场磅礴、深情的演讲
感动着云朵
也撩旺了
操场上一团团懵懂的心火

之后
早晨，午间，夜里
宿舍，室外，路灯下
频频可见高倾四十五度
忘我诵读的身影

一周过去，人数更盛
一个月过去，骤然凋零
两个月过去，诵读的人成了粒粒孤星
不久泛出了异样声音
瞧，那几个疯子

我惋惜，哀叹
只身去鼓励，劝说

三个月过后
路灯下的空旷
浮露出我的脆弱

路灯下消失的人
消失在众人的风语里
消失在时间的考问下
没有坚守的灵魂
注定成为片片凡尘

我知道
普天众多是凡尘
凡在抵不住世俗的一媚
抵不住他人冰霜的一刀
抵不住自己堕落的一坠

但我还是
忍不住痛心
痛心挥霍着的青春
肆笑荒度
的年轻

啼哭

声音穿透墙拐墙
刺啦啦地牵住我的耳
无疑
又是乳子在啼哭

为了网住我这颗掉落中的玻璃心
凌波微步
神一样的武功
无师自通

还好
只是例行公事
学着与地板接吻
咆哮着与门框顶架

瞧那惨相
满脸晶剔
泪水，口水，鼻涕
三流合一

我的儿
丈量世界的
除了你日渐硬实的棱角
还有男人海阔天空的胸怀

遇见

一场病魔
杀死红火
还逼我这反科技的人
空中授课

多余引诱我
回放了录播
那个声音违和、面相跑调的人
竟然是我

科技心毒
让我与自己相遇
我该杀死这记仇的科技
还是丑陋的自己

平日里
这份丑陋定对周遭有莫大伤害
人们却包容着我不曾嫌弃
我还怎能对世界报有挑剔

冲动的镖师

对自己认真的道歉
对不起
我又捡了一块石头
鬼迷心窍的冲动
让我违背了曾立下
释重的誓言

这块石头
和以往的没有区别
或许更甚
它填充了多半的空间
让我一整天迈不开步
脑中住满数不清的苍蝇
嗡嗡嗡嗡
既讨厌又驱之不去

我想用“去你的”牌铁锤
狠狠将它砸碎
或者置之不理
但没有

一句话
一次举手
我已接过军令状
如同古代的镖师
既收了定金
就要将目标生死护送
这句话，这轻率的手呀
就是自己给自己的定金

再见，德克

谢谢你
十七年的青春相伴
今日
你终将离去

英雄迟暮
只叹时间无情
但亦从容无憾
留下的只有潮水般的掌声
还有发心的祝福
每个人都明白
你已奉献所有
不论高潮低谷

大洋彼岸的你
纵不识我
但早已成为我的关怀，我的信仰
因为
你的坚持，忠诚，低调
你是拜金世界中的清流

你忘却异乡的孤冷
在他人冷嘲中逆战
成为达拉斯的图腾

因为你的魅力
你的光芒
赢得如同我一般的全世界追随
再见德克
再见青春。

注释：

作于德克在达拉斯主场退役之夜

洛杉矶的凌晨四点

洛杉矶的凌晨四点
繁星点点
寥落的灯光
行人很少
当城市还在熟睡
斯台普斯球馆里
有一个人大汗淋漓
他的名字叫科比

科比
洛城之王
一生只爱一座城
五次站在世界之巅
缔造和捍卫紫金王朝
让洛城每个人，世界每个迷
都流淌着王者荣耀

纪录，荣誉，铺天盖地
让后辈模仿追随
却难以企及

退役那一年
所到之处
尽是泪光与掌声
这竞技的舞台
变成了告别巡演
所有人都站着观赛，舍不得眨眼
唯恐失去这份青春、奋斗的陪伴

最后的媒体采访
记者们想在世界面前偷出你成功的法宝
面对追问
你竟然反转身份采访记者：
你见过凌晨四点的洛杉矶吗
众人哑然
你这个被称为黑曼巴的人
再次展现你的毒与独
还是不肯回答
转而开始讲故事：
洛杉矶的凌晨四点
繁星点点
寥落的灯光
行人很少
而我在球馆里大汗淋漓
每一天，每一年
凌晨四点都处在黑暗中
而一天天，一年年过去
我却变得不再一样

第欧根尼

你居住在木桶里
以乞讨为生，清心寡欲
时常风餐露宿，像狗一样生活
后人为你起了个酸刻的名字——犬儒

你厌恶权贵与世俗
世事洞明，雄辩有力
告诉人们
外索的快乐稍纵即逝
真正的幸福
是从欲望下解放出来的道德自由

你的才学和傲骨
赢得众多弟子追随
为了讽刺世人的虚伪
你提着灯笼四处游走
说要找一个真正诚实的人
为了填饱肚子
宁和狗抢骨头
也不接受贵族的嗟来之食

欧洲之王亚历山大
也仰慕你的才学
专程前来拜访
看到潦倒不堪的你
问可以如何帮你
你头也不抬地说
你挡住了我的阳光！！

如果选择迎合世界
你本可以在现世里如鱼得水
但是，你没有
而是以高贵的人格
坚守、捍卫了作为“儒”的理想和自由
有时不惜以恶心自己的方式
来恶心他人和社会

你以独有的方式
激励、鞭策着社会不断反思修复
唤醒沉沦的人们
向着更加明亮的方向前行
成为人类文化史上的亮丽风景
你就是
第欧根尼

别

撕心的一个字
在归的同时
一并种下

到了家
卸下一年的牵挂
举杯团圆酒
爆炒酸甜苦辣

说不完的话
让温情充满电
偷跑的时间
悄悄启动返程的车

装着唠叨驶开
慢慢拉断远瞭
归来似风
漂去如萍

罐头

小时候
每次生病
妈妈都会为我买一个罐头
说也神奇
每次吃完后
那病就躲上云霄
再也寻它不着
那种味道
酸，甜，绵长
赢了与记忆的赛跑

而今
孩子病了
吃药嗷嗷
甚至有些张牙舞爪
我想到了妈妈的法宝
飞奔超市
瞬间就沉甸甸提回两包
我手舞足蹈
儿子，瞧，罐头，甜，吃了就好

儿子试探地舔了一小口
酸，不要，不要
继续嗷嗷
张牙舞爪

罐头变了？
我不知道

手机

人的一半是天使
另一半是魔鬼
魔鬼借助天使的处衣
这个时代
幻作手机

迎着无边贪念
依靠科技秘籍
一步步称霸媒介江湖
听的，看的，用的，想的
见你都唯令是从

你让咫尺成为最远的距离
让幼子的世界虚幻迷离
让眼镜的树轮一圈圈扩散
让昼夜不再分明
让车辆一次次意外接吻
让家庭离崩
让人离开你就惶恐，寸步难行

你是手中的罂粟
以美艳的装束
诱人娱乐至死

风车

带娃就医
街角有抓住童心的人
他在卖风车

娃儿用手一指
我如受命的猎犬
瞬间将差办妥

风也识趣
只挥动手臂
那风车就笑个不停

风车笑了
娃儿也笑了
我却没笑
还暗自好笑

娃儿的快乐
清澈如湖面
一风一叶

都会泛起知足的涟漪

而我
丢掉了风车
也拾不起简单
找不回快乐

泛滥的爱

舞台上，灯光下
无数像吸了鸦片的善男信女
翘首以盼他们的偶像登场
他们有共同的名字
美曰粉丝
为了显示忠诚
他们也要攀比一番
于是铁粉，铜粉，金粉
升级出现在
他们得意的口中
到后来
干脆有人自称死忠
侠士之风肃然袭起
既已到了士为知己者死的境界
自然让比下去的人自惭形秽
知己是一方意淫
知彼是确定无疑的
因为偶像的星座，穿着，甚至呓语
都是他们的话题
说来神奇，偶像体内排出的臭气
他们竟能万里外嗅出香味

此刻
他们已到了不能再多一点的疯迷
等待，焦渴已是极限
空气都是凝滞
忘记攀比的差异
他们重新达成一致
用声嘶力竭的力气呼唤他们的上帝
灯光惧怕了这般山呼海啸
应声而暗
这助长了尖叫的气焰，喧嚣沸腾到了顶点
一束灯光罩在舞台中央
一个浓妆艳抹，奇形怪状的人开始号叫
扭动屁股
台下的这些粉
开始兴奋，陶醉
如同大大吸了一口迷魂的烟
中途
这位灯光下扭屁股的人
号叫中挤出缝隙
向台下这些黑暗中看不清的斑斑点点说了句
我爱你们!
台下倏地像地雷阵被引爆
四处轰鸣
不好，有人晕倒
不好，有人竟死了过去
这句爱
分明不是亲昵，而是穿膛的子弹

人心

自以为是痴说知，
风霜冷雨方知痴。
人间鬼魅多出没，
但借日久辨虚实。

第五辑　漠上行

漠上行

满眼装不下你的起伏与无垠
零星的绿
是微不足道的点缀

被打得柔软、均匀、细碎的沙子啊
谁记得千年前
你也曾棱角分明
而我深踏的脚步
只一缕微风
便瞬间无痕

起初都结伴而行
迈出的每一步
伴着渐远的微笑
还有自己酸的腿
一段路后再回首
原来都是独行者

年味

小时候
盼着过年
穿新衣，吃糖果，响鞭炮
熬年夜提着灯笼跑大街
点旺火，接财神，吃饺子
次日与伙伴挨家挨户抢未作响的炮仗
原来
童年的年味是快乐

再大些
过年成了约定
我们同学仨
每年都要到对方家拜年
骑自行车，拿一盒点心
冰天雪地亦不能阻
原来
少年的年味是友谊

大学后

过年往来于自己家，女友家，单位
拿行礼，挤火车，与春运接吻
多了嘱托，多了匆忙
还有母亲送别时的眼泪
原来
青年的年味是分离

如今
我是四位老人的儿子
两个孩子的父亲
过年
我会像我的父母对我一样
给孩子穿新衣，吃糖果，带着孩子响鞭炮
照旧吃饺子
把包了硬币的那个偷偷放进孩子的碗里
装作惊讶夸孩子有福气
然后择日探望父母
只是探望，像走亲戚一样
我知道
不管多大，我都是他们眼里那个长不大的孩子
而眼前的父母，分明更像个孩子，更需要照顾
原来
中年的年味是爱的传承

年

远古
传说有兽嗜血如命
364 日隐没山林
第 365 天祸害人间
曰夕又曰年

它的魔爪、大口
让人夜不敢啼
阴森，恐怖，血戮
难熬的一夜
呼吸到的全是悚栗

天降驱兽秘籍
红色，火光，炸响
于是
家家贴春联，垒旺火，放鞭炮
整宿灯火通明
年兽随之匿迹

如今
大家盼过年
每到年关
人们才懂得脚比路长
不管多远
都会踏上归途
才明白情比物重
无论贫富
擦掉奔波的辛苦
做回孩子，奔向父母

家里
一切如初
贴春联，垒旺火，放鞭炮
洋溢着祥和，饱满着温情
释放着天宇间最大的力量——爱
纵有恐怖的年兽，戾气
也会绕道而行

躁动的正月

家乡
都是年三十子夜响炮过年
城里的世界
让人费解
从晚上到白天，一直撕扯正月的天
轰轰隆隆
连绵不绝

鞭炮在高处将空气荡开
一波推着一波
散在想静的耳朵里
搅动着年味
拌着躁动的作料
挑拨叮当的心

烟花

遇到懂我的火
触碰我的激情
将我点燃
那一刻
我毫无保留
用生命的刀
划破夜幕
飞到最高
然后
在繁星的伴舞下
将蓄积的能量释放
化作刹那最美的花

炫目的舞蹈
没有彩排
也无须告别
绽放的瞬间就是永远
因我
与美好相连
已全部奉献

清明

不浊为清
不暗为明
正义安排二者见面，握手
化作华夏的血液
五千年，不止不休

白云懂它，收回雪霜吐洒甘露了
燕子懂它，携着家眷北归探亲了
草木懂它，拎着娇羞青衣装扮了
河水懂它，脱去棉袄开怀清唱了
人们懂它，祖坟上的青烟被泪光点燃了

后知后觉的我
也懂了
它不是杏花村里的一坛酒
而是，生命的寻根
还有大地的希望

愚人节

4 月 1 日这一天
我心甘情愿被骗
我知道
今天
骗是一份惦念
是爱的包装

余下的日子
我不希望被骗
如同所有人的想法
但
生活为每个人配了面具
只有孩子把它当作玩具
其他的人
都把它等同自己
骗与被骗
只是良心作砣
量上的分割

致敬女神

今天
致敬女神
不是夏娃，也非女娲
而是
春天般的女儿
夏天般的妻子
秋天般的母亲
还有冬天般的
满脸褶子、沉默的大地

语月

人说，你真亮
月说，我本无光，借助太阳，不争宠也不炫耀
人沉思，懂，也不懂

人说，你真美
月说，我本丑陋，借助距离，因你而美
人沉思，懂，也不懂

人又说，美女嫦娥安好
月说，不识
人沉思，似有所悟
嬉问，传说有虚，那人间太白总识吧
月说，不识
人颔笑，别逗，那琼楼玉宇安在
月说，亦不识
人沉思，懂，也不懂

人说，你也圆缺，我也悲欢，为何
月说，我随时而易不喜悲，是故无圆缺，而你常离合，是故有悲欢

人沉思，懂，也不懂

人说，今又中秋，家家供你盼团圆，为何
月说，月月有望日，你圆便我圆
人沉思，懂，也不懂

人说，你我到底是何关联
月说，你怎样，我便怎样
人说，我就是你，你就是我？
月说，便是这样
人沉思，懂，也不懂

人望月，月独行
人醉月，月嘲人

浩劫

之前
你我的相逢
是在书籍、影视和揣摩中
我知道你定疯魔
但依然朦胧

2020 年的春节
你由传说复生
摘下虚幻
这场遇见
让所有人看到了你的阴森

雪球是你派出的兵
从楚地之顶向华夏滚落
越滚越大
你触碰的每个人
都助虐恐怖更为威猛

但
你毕竟是远来的入侵者

只要切断补给
使你孤立
失败是你唯一的结局

于是
封路，封城
蜗居，独行
用口罩掩密军机
用手套除掉你偷插的奸细

还有
你和你的兵
都是冬季冰霜的浪子
春天已来临
蓄藏已久的绿和待放的花
都会让你化成一摊惨痛的泪

你我

你我
是人海里偶遇的两粒沙
碰融在一起
在时间的贝壳里
忍尽生活的苦痛
演化成珍珠
挂在生命的项颈上
熠熠生辉

致屈子

屈子一跃
汨罗江千古留名
江水
因一腔热血不再冰冷
因一世清白不再混浊
因《离骚》《九歌》修远漫漫
惊醒后人千年求索

江水
浸灌了华夏的身躯
滋养了一批批傲骨
如熠熠寥星
在俗尘的夜里照人前行

等

日子被拉长成了月
月被拉长成了年
年被拉长成了白发
由少到多
又由多到少

寥落的白发
一头系着牵挂
一头系着越来越嶙峋的骨胳
挽着的疙瘩
一头越来越紧
一头越来越松

天使的眼泪

天地本和谐
只因各有界
自以为万物之灵长的人
一旦越了界
就会撒下魔种
由此祸乱人间

每一次自以为是
都会引发大地的狂笑
随之在贪婪的裂缝中
释放出报复的妖魔
战争，瘟疫
每一刻都不曾远离
并在仇恨中逐步升级

阴阳相抱
善恶两立
魔鬼既出
心怀大爱的人
为太平召唤

化身天使
一个个，一批批
伸出双翼，飞向险域
这一次，是荆楚大地

我宁愿相信天使只是传说
不要降落人间
不是拒绝可爱与希望
而是
天使不来
说明魔鬼不在
天使的每次拯救
也流着眼泪

口

口
可吐莲花
可若悬河
可为三寸不烂
可烁金，载道
可生风，生香
但
也可出狂言
生祸端
滋百病
藏腹剑
心不一

这樱红丹霞之物
可让世界诗情画意
也可毁天灭地
不信
忆一忆 2003 年的非典
看一看当下冠状肺炎

人哪
在进化的路上
真该时刻学习祖先
既伶俐可爱，又简单知足
那样
才能长久地活蹦乱跳

风

我有快乐
你就温柔
我有伤口
你就让我更加疼痛
我和你说悄悄话
你假装听不见
我向你大声呼喊
你从远处重复地送还
我终于明白
你是我情感的弹簧
是或隐或现
喜怒难测的眼睛

妈妈

妈妈
我无法表达对您的爱
尽管
我已搜尽辞海

妈妈
我不会大声说爱
怕您也不习惯
徒生出疑虑和眼泪

妈妈
我会让生活静如湖面
让您感觉不到
我揉进昼与夜的惦念

我会藏起白发
撒欢地说
妈妈
这里一切安好

理发

小时候
每次理发
都是父亲为我操手
听着推子的咯噔声在头顶上游走
闻着父亲身上独有的汗味
等着可以想象出的雷同发型
满地掉落了我的童年和少年

外出求学的日子
每次回家
带走的除了妈妈安顿好的花销和干粮
就是父亲的理发
一次次，一年年
锁定岁月，不曾落下

如今
我还保留着多年不变的发型
那是父亲给我的标记
我似一叶漂舟离家越来越远
回家也越来越少

但只要回家
父亲还会为我理发
不一样的是
之前是父亲要求的
现在是我主动索要的
我还会像他一样
拿起老式的推子
为父亲理发
剪轻他的一生操劳
满心牵挂

换大碗

风干了流水的日子
剩下高度的酒
杯子太小盛不下往事
换大碗

浓烈，烫心
就要这种温度
沉默，侃谈，笑，哭都行
就要在醉酒中流淌我的在乎

气球

欲望是年轮吹大的气球
小时候
只要一个
拿它当苹果，当足球
它不是在手里
就是在脚下

年长后
气球变大，变多，颜色里弥散着酒精
它拽着我们跑
平地还好
最怕已在半山腰或登顶的人
一阵风
飘浮的天空下
倒耸着万丈冰刀

欲望是被年轮吹大的气球
等待的
终究是一声爆破

像块石头

悠闲的像块石头
听着风的欢歌
任由溪水抚摸
什么也不用想
自我分解到一无所有
又无所不有

后记

关于我

我，出生在农村，年龄上属于“80后”，但习性上与70年代的人同频。老家地处内蒙古中部，全村百十余户人家，大黑河从村口流过，每户人均都有几亩水田，收成上不用过分看老天的脸色。父母生育我们姐弟四人，我是老小，正好赶上国家实施计划生育政策，为我，父母被罚走200元。这在当时是个巨大的数字，但父母并不懊悔，妈妈常说，我是个福娃，自从生下我，家里的日子就一天天好起来了，长大后我才知道，这是借了改革开放的东风。

我有着最好的童年，这并不夸张，与祖辈父辈相比，我没有经历战争、动乱和饥荒；与城里的孩子相比，我身体里的乡土、山水更加充盈；与后辈相比，没有他们的矫情与自我，我更加粗实、坚韧。放牛、捞鱼、滑冰、结伴偷果园未熟的果子、组团与邻村的孩子约战都是那时金色的回忆。

我十四岁到外求学，用结冰的水洗过脸，有过一天五个馒头泡开水的日子。我没有觉得有多苦，这恰恰滋养了我。大学期间的杨福和老师说他讲台上是一位好老师，回到老家种地也是一位多面手。这让我很有共鸣，也很骄傲，至少不是四体不勤、五谷不分的人。

我2002年参加工作，先在阿拉善，后又到呼和浩特攻读硕士，现在扎根于鄂尔多斯。“一阵风，吹走半生”（《我的往后》），如今已近不惑之年。走过的岁月，没有叛逆，这似乎很不正常，但我害怕爱我的人心伤。于我自己，内战一直没有停息，执拗的火焰会在余生的骨柴上熊熊燃烧，直到随风化土。

关于梦想

我不清楚梦想与欲望有何区别。在这一点上，我有些贪婪，经常食言。高中时，听班主任说他一个月挣400多块，我一个月花不到100块，合计还剩很多，于是月薪400块成了我的梦想；上大学时，看到大街上骑摩托车的人很酷很拉风，于是毕业后买一辆摩托车上班成了我的梦想；工作后，梦想何时才能拥有一套自己的房子，随后又梦想着车子；前几年，我又多次在亲友面前宣告自己的终极梦想：评上高级职称，再生一个孩子，无关男女，为女儿留一个亲人，如是，我就可以烧锅炉了。幸运的是，2017年，人生的两大梦想全部实现。我没有兑现去烧锅炉，也没有安分地停止脚步，在辞去学校行政职务的同时，又拿起挚爱的笔，用血红的真诚书写人生，用灵魂的锤子敲打自己和读者。

关于这本书

我是一个爱安静的人。我时常陷入沉思，在荒芜或喜悦中感到恐慌，害怕时间溜得太快，一不小心失去一切。事实上，我也终将失去一切。

我在想，在世上游走，我的价值在哪里？现在，将来，往后的往后，我能为我的孩子留下什么，为家人留下什么，为世界留下什么？老来回顾，怎样的度过才足迹清晰且少留遗憾？没有长生不老，我也不愿做一个千年老妖，剩下的唯有我的思想、品格，我的成功与失败的启示。这些自问自答，加之平日里对文字的热爱，一步步把我推向了写作这条路。于是，我的工作之余多了纸和笔，特别是夜里。我直照内心地写，戳着泪光地写，有自己的瞬间情感，更多的则是对人性的剥露和生活的反思，以求从小我中跳出来，为我的孩子、亲友和读者们留下可供思考的文字。

书名《你是我的一只眼》源自诗集的第一篇文稿。成书过程中，感谢父母、爱人、孩子的期待与支持，感谢凌翔老师的编辑，感谢杜占军老师的指导，感谢亦师亦友的宋雪林老师为诗集作序（7300 多字，至诚至真，着实感动），感谢平日里每一个给予能量的亲友们的鼓励与厚爱。

岁月易逝，文心长青。愿此书中的某一行字化为雨露，恰好掉在你的心田。

武俊奎

2020 年 5 月 26 日